Satan und die Sünderin

In der Hölle ist kein Platz für Engel

Yul Rich

Impressum

Titel:
Satan und die Sünderin

Untertitel:
In der Hölle ist kein Platz für Engel

Autor:
© 2024 Yul Rich
Alle Rechte vorbehalten

Verlag:
BoD · Books on Demand GmbH,
In de Tarpen 42, 22848 Norderstedt
Druck: Libri Plureos GmbH,
Friedensallee 273, 22763 Hamburg

ISBN: 978-3-7693-0303-2

Inhalt

Christa und ihr Badehaus 7
Teufel oder nicht? 15
Im Paradieszimmer 23
Jahre später 31
Aga 37
Nachwort 39
Die Halloween-Legende 40
Nachwort II 49
Wortspiele zum Zitieren 51
Über den Autor 52

Bildnachweise:

Die Bilder auf dem Buchumschlag sowie die Illustrationen im Buch wurden durch KI generiert und mit Programmen der Foto-Manipulation modifiziert.

Christa und ihr Badehaus

Christa war eine Frau, gesegnet mit einer Schönheit, die jedem den Atem raubte, der sie nur sah.

Die Männer taten alles, um ihr zu gefallen und in ihrer Gunst zu stehen. Christa flirtete mit allen Männern und ließ sich von den Männern ein luxuriöses Leben finanzieren.

Es gab keinen Mann, der sich nicht erhoffte, Christa zur Ehefrau nehmen zu können, aber sie heiratete keinen. Insgeheim dachte Christa für sich:

„Warum soll ich einen reichen Mann heiraten, wenn ich doch alle reichen Männer auf der Welt um ihr Geld bringen kann?"

Es gab einen Mann, dem diese teuflische Gesinnung besonders gut gefiel, und das war Satan, der Teufel selbst.

Da Christa erkannt hatte, dass Männer viel Geld investierten, um in Gesellschaft einer schönen Frau sein zu können, eröffnete sie ein Freudenhaus.

Sie tarnte das Freudenhaus als Badehaus, in dem Wellness-Angebote wie Massage und die Nutzung von Solarium, Sauna und Whirlpool gegen ein hohes Eintrittsgeld angeboten wurden.

Christa war die Chefin des Badehauses und ließ die Eintrittsgelder an der Tür von Empfangsdamen kassieren und in einen Safe einschließen.

Sie selbst beobachtete das Geschehen in ihrem Club, während sie wie eine Königin auf einem goldenen Thron saß

Um das Bild von ihr als Göttin zu vervollständigen, ließ sie sich von links und rechts Luft zufächeln, natürlich von Bediensteten, die wie Sklaven aussahen und nur einen Lendenschurz trugen. Außerdem knieten Mägde vor ihr, die ihr Trauben und andere Genuss Häppchen reichten.

Abgesehen von der modernen Frisur, die sie trug, sah sie aus, wie die Reinkarnation von Königin Cleopatra am Hofe des Kaisers von Rom.

Das Bezirzen der männlichen Besucher ihres Badehauses überließ sie anderen schönen Frauen, die gleichfalls die Kunst besaßen, aus ihrer Schönheit Kapital zu schlagen.

Die Besucher wurden sofort nach dem Betreten des Wellness-Clubs von den Badedamen erst in die Umkleideräume und dann zu den Duschräumen geführt.

Dort wurden die Männer von den schönen Damen zunächst eingeseift und später während ihres weiteren Aufenthalts im Etablissement aufs Raffinierteste umgarnt.

Das Techtelmechtel führte in der Regel dazu, dass die Männer ihren Verstand verloren und den Damen Geldgeschenke versprachen, um sich mit ihnen in ungestörte Zweisamkeit begeben zu können, wo ihnen die Erlösung von den Anspannungen des Tages gewährt wurde.

Symbolbild, geschaffen von Lexica KI:
Ein Mann im Sauna-Club, umringt von Hostessen

Symbolbild, geschaffen von Lexica KI:
Eine Frau auf einem Thron

Christa persönlich kümmerte sich in ihrem Club nur um wirklich reiche VIP-Gäste, also Inhaber von börsennotierten Aktiengesellschaften, die mindestens Milliardäre oder Multi-Millionäre waren.

Im Falle gegenseitiger Sympathie durften manche dieser Männer Christa auf eine Kreuzfahrt mit der privaten Yacht des Milliardärs einladen. Die Einladung nahm Christa in der Regel an, wenn die Reisedauer auf maximal 2 Wochen beschränkt war und sie zusätzlich ein Geldgeschenk von 2 Millionen Dollar pro Reisewoche erhielt.

Die Kunde von Christas Badehaus vernahm auch Satan, der Teufel.

Eines Tages, es war der 31. Tag im Oktober, nahm Satan die Gestalt eines Menschen an und machte sich auf den Weg, um Christas Seele zu holen.

An der Rezeption des Badehauses wurde Satan gebeten, den Eintrittspreis zu begleichen und dann den Dusch-Assistentinnen zu den Umkleideräumen zu folgen.

Satan aber sagte:

„Ich bin kein gewöhnlicher Gast. Ich möchte die Chefin sprechen."

Eva, die Rezeptionistin entgegnete:

„Das sagen viele. Wer sind Sie und in welcher Angelegenheit möchten Sie Christa sprechen?"

„Ich bin Satan, man nennt mich auch Teufel. Ich bin der Herrscher der Unterwelt und möchte mit der Club-Besitzerin über ihre Seele sprechen."

Eva verzog ungläubig das Gesicht, dann griff sie zum Telefon. Während sie Satan furchtlos in die Augen sah, sprach sie:

„Christa, hier ist ein Mann an der Rezeption, der möchte keinen Eintritt bezahlen. Er behauptet, er sei der Teufel und er hat gesagt, er möchte deine Seele holen oder so was ähnliches."

Aus dem Telefon erschallte das Lachen Christas und ihre Stimme:

„Das klingt, als ob der Mann Fantasie hätte. Ich möchte ihn kennenlernen. Er soll sich duschen wie alle Männer. Nach einer halben Stunde darf ihn Angela zu mir bringen."

Eva wiederholte, was Christa gesagt hatte und ergänzte:

„Sie haben tatsächlich ein Date mit Christa. Jetzt aber husch, husch, unter die Dusche."

Teufel oder nicht?

Eva gab Angela ein Zeichen und Angela wiederum winkte zwei anderen Assistentinnen.

Anna und Katja hakten sich bei Satan links und rechts ein und begleiteten ihn zu den Umkleideräumen. Dort nahmen sie ihm die Kleidung ab und hängten sie sorgsam in einen Spind.

Als Satan sich die Schuhe und Strümpfe auszog, entdeckten die Dusch-Assistentinnen, dass dieser Gast einen verunstalteten Fuß hatte, der wie ein Pferdefuß aussah.

Katja sagte zu Satan:

„Anna wird Sie jetzt in der Dusche einseifen, ich muss noch mal zur Rezeption, bin gleich zurück und wieder bei euch."

Während Anna mit Satan die Duschräume betrat, eilte Katja zur Rezeption und alarmierte Angela und Eva:

„Der Typ, der behauptet, er sei Satan hat tatsächlich einen Pferdefuß, wie der Teufel. Er hat auch eine dunkelrote seltsam behaarte Haut, die ist aber nicht rot von einem Sonnenbrand. Ich weiß nicht, was ich davon halten soll, aber sicherheitshalber sage ich es euch: Er sieht wirklich so aus, wie man sich den Teufel vorstellt."

Eva antwortete:

„Danke, Katja, wir informieren Christa. Jetzt geh wieder zu Satan und bezirze ihn wie wir alle Männer bezirzen."

Katja nickte und ging wieder zum Teufel, direkt in die Duschräume, wo Anna gerade dabei war, den Schwanz des Teufels einzuseifen.

Zu Katjas Schreck war der Schwanz allerdings nicht von der Sorte, den die Duschdamen normalerweise einseiften, sondern ein ganz anderer Schwanz: Er wuchs Satan aus dem verlängerten Rückgrat heraus.

Eva stand an der Rezeption und sah Angela an.

„Was meinst du? Sollen wir Christa ausrichten, was Katja gesehen hat? Bestimmt ist er kein Teufel sondern hat nur einen verkrüppelten Klumpfuß. So etwas soll es doch geben."

„Ruf sie lieber an", sagte Angela.

Eva nickte, rief Christa an und erzählte ihr, was Katja im Umkleideraum gesehen hatte.

Christa entgegnete:

„Okay, wir werden ihn testen. Wir haben doch eine Requisiten-Kammer mit Engels-Kostümen für die Halloween-Partys. Angela soll mir sofort eines bringen. Ich schicke vier weitere Damen los, sie sollen sich in Engelskostüme kleiden, Kruzifixe um den Hals hängen, und ins hellblaue Paradies-Zimmer begeben. Die Duschdamen sollen ihn mindestens eine halbe Stunde beschäftigen, dann ins Paradies-Zimmer führen. Verstanden?"

„Ay, ay, Christa. Verstanden", sagte Eva und weihte sofort Angela in den Plan ein.

Christa saß auf ihrem Thron und befahl ihren zwei Dienern, sofort insgesamt vier Damen zu rekrutieren, die im Augenblick keinen Herren hatten, den sie verwöhnen mussten.

Drei Minuten später standen die Diener mit vier Damen vor Christas Thron und Christa sprach:

„Mädels, ich bitte um eure Aufmerksamkeit und dass ihr mir bei einem Rollenspiel helft."

Die Ladies nickten und lauschten, was Christa sagen würde:

„Wir haben einen VIP-Gast, der spielt den Teufel und ihr sollt alle Engel sein. Ich bitte euch mitzuspielen, ich bin auch dabei. Bitte geht jetzt in die Requisiten-Kammer, verkleidet euch als süße, unschuldige Engelchen. Schnappt euch Kruzifixe, Rosenkränze, Weihwasser und alle ähnlichen Accessoires für ein himmlisches Rollenspiel im blauen Paradies-Zimmer. Wir treffen uns dort in genau 15 Minuten, okay?"

„Okay", riefen die Damen und eilten in die Kleiderkammer, wo die Kostüme für die Partys und Rollenspiele aufbewahrt wurden.

Hier waren viele Engels- und Teufelskostüme, denn diese wurden oft an Halloween und Fasching benötigt.. Angela war schon dort und hatte ein Kostüm für Christa ausgesucht. Als die vier Ladies den Raum betraten sagte sie:

„Unser VIP-Gast ist der leibhaftige Teufel, damit ihr Bescheid wisst! Also nur Engelskostüme anziehen! Treffpunkt im Paradieszimmer!"

Eine der Damen hob die Hand und sagte:

„Entschuldigung, ich glaube, ich kann dieses Spiel nicht mitspielen. Ich bin Aga aus Polen und streng katholisch. Ich habe sehr große Angst vor dem Teufel, denn ich glaube wirklich daran, dass es Gott und den Teufel gibt."

Angela aber erwiderte:

„Sehr gut, Aga. Dann weißt du ja, dass die Liebe Gottes immer den Teufel besiegen kann. Gott ist an deiner Seite bei diesem Spiel, gerade, weil du an ihn glaubst. Das gilt für alle von euch: Je mehr ihr an Gott glaubt, desto besser ist es für dieses Spiel! Es gilt, den Teufel aus diesem Mann zu treiben, den wir gleich treffen werden! Und jetzt alle: Halleluja!"

„Halleluja!", riefen die Ladies.

Nach dem Duschen bekam Satan von Anna einen weißen Bademantel gereicht, den er aber ablehnte und einen schwarzen oder roten verlangte.

„Wir haben keine schwarzen Bademäntel, aber wir haben rote Handtücher. Wäre das in Ordnung?"

Satan bejahte und Katja besorgte schnell zwei große Badetücher in roter Farbe.

„Wieso zwei?", fragte Satan

„Ein Handtuch zum Abtrocknen und ein großes Badetuch als Lendenschurz, damit Sie nicht ganz nackt im Club herumlaufen", sagte Katja, die selbst nur einen Bikini trug.

Anna band Satan das Badetuch um die Hüfte und verknotete es gekonnt, damit es nicht sofort wieder herunterrutschte, das Handtuch legte sich der Teufel lässig über die Schulter.

Dann machten sich die Bikini-Girls Anna und Katja mit dem VIP-Gast auf den Weg, um ihm während eines Rundganges den Wellness-Club und seine Einrichtungen zu zeigen: Sauna, Whirlpool, etc.

Die Besichtigungstour dauerte normalerweise nur wenige Minuten, aber Anna und Katja mussten Zeit gewinnen, damit sich Christa und die Engelsdamen auf das Treffen mit dem Teufel vorberieten konnten.

Also wurde Satan an jeder Station aufgefordert, kurz zu probieren. Er erhielt eine kurze Massage, musste die Sauna betreten, kurz ins Whirlpool steigen, kurz im Kinosaal platznehmen und einen Happen vom Buffet im Restaurant des Clubs kosten.

Satan gefiel es, wie ihn die Damen herumführten, aber irgendwann fragte er ungeduldig:

„Wann darf ich endlich mit der Chefin sprechen?"

Katja schaute kurz auf ihre Armbanduhr und sagte: „Ich glaube, die dreißig Minuten sind um, und Christa hat jetzt Zeit für Sie. Hoffentlich."

Satan wurde nun zum Thron begleitet, auf dem Christa normalerweise immer saß.

Sie war aber nicht da.

Im Paradieszimmer

„Wo ist Christa?", fragte Katja den Diener, der neben dem Thron stand.

„Bitte folgt mir", sagte der Diener und ging voraus.

Vor dem blauen Paradieszimmer hielt der Diener an und sagte zu Satan:

„Christa wartet in diesem Zimmer auf Sie. Katja, Anna, Ladies first, ihr beiden geht vor."

Nachdem er das gesagt hatte, stellte sich der Diener hinter Satan.

Die beiden Hausdamen traten vor Satan, öffneten die Tür und betraten den Raum.

Der Diener schob den Teufel ins Zimmer und schloss sofort die Türe hinter ihm.

Anna und Katja traten zur Seite und der Teufel erschrak sehr, als er sah, in welchem Zimmer er war und was für Ladies hier auf ihn warteten.

Der Teufel stand im Paradieszimmer, das nicht nur himmlisch aussah, sondern auch so eingerichtet war: Die Wände und die Decke waren blau, in der Mitte stand ein Himmelbett, das mit blauer Bettwäsche überzogen war.

Die vier Bettpfosten ragten bis zur Decke und an ihnen war ein Baldachin angebracht, an dem hingen Stoffhimmel, die waren über dem Bett und fielen auch hinter dem Bett und an den Seiten bis zum Boden herunter.

Am Kopfende des Bettes saß Christina, gekleidet in ein weißes Gewand, wie ein Engel. Über dem Kopf schwebte ein goldener Heiligenschein, der diskret in ihren Haaren befestigt war.

Je zwei weitere Ladies, die in Engelskostüme gekleidet waren, saßen links und rechts neben Christa auf dem Bett und am linken und rechten Bettpfosten standen auch zwei Engelsdamen.

Christa wirkte wie eine Göttin, umringt von Engeln und sagte:

„Liebe Engel, begrüßt meinen Gast mit einem dreifachen ‚Halleluja!'"

Und die Engel sangen im Chor:

„Halleluja! Halleluja! Halleluja!"

Das schmerzte den Teufel und er hielt sich mit den Händen die Ohren zu. Nachdem die Halleluja-Rufe verstummt waren, fragte Christa den Teufel:

„Man sagte mir, dass Sie der Teufel sind, Satan heißen und mich sprechen wollen. Wie gefällt Ihnen der Empfang, den wir für Sie organisiert haben?"

„Er gefällt mir gar nicht, denn ich bin wirklich der Teufel", sagte Satan.

„Ein gutes Rollenspiel mit dem Teufel geht aber nicht ohne Engel, meinen Sie nicht?", fragte Christa lächelnd und die Engel riefen zur Bestätigung ein „Halleluja!"

„Ich bin nicht gekommen, um ein Rollenspiel zu spielen. Ich wollte Ihre Seele holen", sagte der Teufel.

„Sie glauben doch nicht im Ernst, dass meine Seele mit Ihnen dieses wunderschöne Paradieszimmer verlassen wird? Bitte genießen Sie Ihren Aufenthalt in meinem Etablissement. Wann haben Sie die Gelegenheit, im Himmel zu sein, umgeben von Engeln?"

Der Teufel entgegnete:

„Ich sehe, ich kann nicht vernünftig mit Ihnen reden, solange Sie wie eine Göttin auf diesem Himmelsbett sitzen und von Ihren Engeln bewacht werden. Ich komme ein anders Mal wieder. Irgendwann werde ich Sie erwischen und dann fahren Sie gemeinsam mit mir in die Hölle!

Satan drehte sich um, um das Paradieszimmer zu verlassen, aber er konnte die Tür nicht öffnen, weil: An der Tür hing ein großes Kruzifix und die beiden Engel, die vorher am Bettpfosten gestanden hatten, bewachten inzwischen die Türe.

Er wandte sich wieder an Christa und wollte etwas sagen, aber sie kam ihm zuvor:

„Kein Gast meines Hauses verlässt den Club, ohne ein angemessen wertvolles Geschenk für die Damen zu hinterlassen. Und da Sie ein Rendez-Vous mit mir, der Chefin hatten, muss das Geschenk außergewöhnlich wertvoll sein."

Satan war irritiert.
„Was soll ich Ihnen denn Wertvolles schenken, Frau Chr..", sagte der Teufel und der Name von

Christa blieb ihm im Halse stecken, denn er konnte ihn nicht aussprechen. Er fuhr fort:

„Sie kassieren jedes Mal mehrere Millionen von den Herren, mit denen Sie sich treffen und Sie haben alle weltlichen Reichtümer, die man sich nur wünschen kann. Jedoch können Sie diese Reichtümer nicht mitnehmen, wenn Sie das Zeitliche segnen. Weder im Himmel noch in der Hölle nützt Ihnen Ihr ganzes Geld. Sie brauchen kein Geschenk von mir! Nun geben Sie die Tür frei, damit ich wieder gehen kann!"

Christa lachte.

„Danke für den Hinweis, dass ich die Reichtümer nach meinem Tod nicht mitnehmen kann. Aber Sie können meinen Club nicht verlassen, ohne mir ein wertvolles Geschenk zu machen. Ich schlage daher vor, Sie versprechen mir, dass Sie niemals wieder Interesse an meiner Seele haben und nie wieder kommen, um meine Seele oder die der hier anwesenden Damen zu holen. Wenn Sie das versprechen, werden wir das Kruzifix von der Tür entfernen und Ihnen erlauben, unseren Club wieder zu verlassen."

Der Teufel schaute entgeistert in Christas Augen und dann in die Gesichter der anwesenden Engel. Er schaute wieder zur Tür, aber der Anblick des Kruzifixes schmerzte in seinen Augen.

Er schaute wieder auf Christa und ihre Engel und ihm wurde fast schwindelig, weil er sich bewusst war, dass er im Paradieszimmer eingeschlossen war.

Christa bemerkte, dass der Teufel geschwächt war und begann damit „Halleluja!" zu rufen und alle Engel im Zimmer stimmten ein und sangen mit.

Der Teufel hob die Hand und rief:

„Okay, so sei es! Ihr dürft für immer eure Seelen behalten, ich habe kein Interesse an euch! Jetzt hört auf zu singen und lasst mich endlich gehen!"

Christa und die Engelsdamen hörten auf zu singen und Christa fragte:

„Habe ich das richtig verstanden? Bitte noch einmal wiederholen."

Der Teufel nickte und bestätigte:

„Ihr habt richtig verstanden. Alle, die hier im Raum sind, dürfen ihre Seele behalten, werden nie in die Hölle kommen. Ich will euch nie wieder sehen!"

Alle Ladies riefen nochmals „Halleluja", und der Teufel hielt sich wieder die Ohren zu.

Anna entfernte das Kruzifix und öffnete die Tür.

Der Teufel drehte sich noch einmal um und sah Christa hasserfüllt in die Augen. Christa aber grinste nur und winkte mit der Hand graziös zum Abschied.

Katja und Anna begleiteten den Teufel zur Umkleidekabine, nahmen ihm die Handtücher ab und warfen sie in den Sack für gebrauchte Wäsche. Dann gingen sie mit Satan zum Ausgang, wo Eva sie fragte: „Muss Herr Satan noch etwas bezahlen?"

Katja und Anna verneinten. Eva fragte Satan:

„War alles in Ihrem Sinne? Waren Sie mit dem Service unserer Ladies zufrieden?"

Der Teufel stampfte mit seinem Pferdefuß auf und verließ fauchend und fluchend das Badehaus.

Himmelspforte

Jahre später

Christa und ihre Damen lebten fortan glücklich und zufrieden, genossen ihr Leben und wurden immer reicher.

Eines Tages kam ein sehr reicher Multimilliardär und lud Christa und alle Damen ein, auf seiner Privat-Yacht eine Bootsparty zu machen.

Während sie draußen, auf Hoher See waren, explodierte plötzlich der Motor der großen Yacht. Das Schiff fing Feuer, sank und alle Menschen ertranken und starben.

Plötzlich standen Christa, ihre Damen und der Milliardär an der Himmelspforte vor Petrus.

Petrus checkte die Gästeliste, aber nur der Milliardär durfte durch das Himmelstor eintreten.

Christa fragte:

„Warum darf der reiche Mann in den Himmel und wir Damen nicht?"

Petrus erklärte:

„Der reiche Mann war gottesgläubig und hat Zeit seines Lebens immer viel Geld für die Kirche und zahlreiche anderen Wohltätigkeits-Organisationen gespendet. Daher darf er in den Himmel.

Ihr aber, du Christa und deine Damen, ihr habt die Sehnsucht der Männer nach Zuneigung schamlos ausgenutzt und das Geld, das ihr kassiert habt, nur für Luxusgüter, Protz-Autos, Schuhe, Kleider und Schmuck ausgegeben. Nie habt ihr etwas für die Armen gespendet. Für euren Egoismus werdet ihr bestraft und dürft nicht in den Himmel. Ich ruf euch ein Taxi, das holt euch ab, dann fahrt ihr zur Hölle."

Christa beschwerte sich und die Damen fingen an zu jammern, aber Petrus ließ nicht mit sich reden.

Das Höllen-Taxi traf ein, es war ein kleiner Personentransporter. Am Steuer saß kein Geringerer als Beelzebub, der zweithöchste Höllenfürst nach Satan, dem Teufel.

„Einsteigen", befahl Beelzebub, dann fuhr er mit den Ladies zur Hölle.

Am Eingang der Hölle angekommen standen Christa und ihre Freundinnen plötzlich vor Satan persönlich.

Christa erkannte ihn sofort und reklamierte:

„Hallo Satan, erkennst du uns? Du hast uns damals im Badehaus versprochen, dass du unsere Seele nicht haben willst und wir nicht in die Hölle müssen."

Satan runzelte die Stirn, schaute zwei Mal in die Gesichter der Damen, dann sagte er:

„Ich erinnere mich. Ich habe kein Interesse an euren Seelen und ihr müsst nicht in die Hölle, so wie ich es versprochen habe. Beelzebub, fahr die Damen wieder zum Himmel und richte Petrus aus, dass wir die Damen nicht in der Hölle aufnehmen."

Christa und die Ladies stiegen wieder ins Höllentaxi und Beelzebub fuhr zurück zur Himmelspforte.

„Hallo Petrus, schönen Gruß von Satan, die Damen müssen nicht in die Hölle. Weil wir sie nicht reinlassen, habe ich sie wieder gebracht."

Die Damen stiegen aus dem Taxi und Beelzebub ließ die Damen vor der Himmelspforte stehen und fuhr weg.

„Ich muss mal mit dem Chef sprechen", sagte Petrus, rief Gott an, erklärte die Situation und erfuhr, dass er die Damen nicht in den Himmel lassen dürfe.

„Was?", rief Christa. „Weder Himmel noch Hölle ist für uns bestimmt? Was sollen wir denn jetzt machen, verdammt nochmal!"

Petrus gab die Frage an Gott weiter:

„Was sollen denn die verdammten Frauen jetzt machen? Wenn wir sie nicht in den Himmel lassen, und der Teufel sie nicht in die Hölle lässt, müssen sie für die Ewigkeit im Limbus umher-geistern."

„So sei es!", sprach Gott und fuhr fort: „Gib den Damen ein schlichtes Geister-Gewand und eine Kerze, damit sie auf ihren dunklen Pfaden zwischen Himmel und Hölle etwas sehen und gesehen werden können. Damit sie zu etwas Nutze sind, sollen sie als Geister Menschen erschrecken und daran erinnern, dass man stets brav leben muss, um in den Himmel zu kommen."

Petrus händigte den Damen weiße Umhänge aus, die sahen aus wie Burkas: Sie bedeckten den ganzen Körper und auch das Gesicht. Damit sie mit ihren Augen durchsehen konnten, hatte das Geistergewand zwei Löcher.

Außerdem gab er den Ladies Kerzen, die nie erloschen und in Ewigkeit brennen würden.

Zum Schluss gab Petrus ihnen noch einen Rat:

„Die beste Wirkung auf Menschen habt ihr, wenn ihr nach Mitternacht für eine Stunde herumgeistert, darum nennt man diese Zeit auch Geisterstunde.

Jedes Jahr, am 31. Oktober werdet ihr auf Menschen treffen, die verkleiden sich auch wie Geister. Manche tragen statt einer Kerze einen Kürbis, in dem eine Kerze ist, und in den eine Fratze geschnitzt ist.

Das ist in Erinnerung an ‚Jack mit der Laterne', das ist ein Hufschmid, der wie ihr weder in den Himmel noch in die Hölle gekommen ist. Er hat von Satan eine ewig glühende Kohle erhalten, die er im Kürbis wie eine Laterne trägt, so wie ihr die Kerzen. Jetzt viel Spaß beim Geistern!"

Ende

Aga

Die Story ist fast zu Ende und mitfühlende Leserinnen fragen sich vielleicht, ob auch die streng katholische Polin namens Aga nicht in den Himmel gelassen wurde.

Zum Trost kann ergänzt werden, dass Aga viel Glück gehabt hat.

Kurz nach dem Besuch Satans im Badehaus, entschloss sich Aga, ihren dortigen Job als Hostess aufzugeben. Als ein reicher Mann den Wellness-Club besuchte und sich in Aga verliebte, fragte er sie, ob sie ihn heiraten würde. Aga nahm die Chance wahr, sagte ‚Ja' und wurde die Ehefrau des Mannes. Von nun an arbeitete sie nicht mehr in Christas Club, sondern verwöhnte nur noch ihren Ehemann.

Demzufolge war sie auch nicht auf der Yacht, als diese versank und alle ‚Sünderinnen' plötzlich vor Petrus standen und nicht in den Himmel kamen.

Aga und ihr Millionär lebten glücklich bis ans Ende ihrer Tage und kamen auch beide in den Himmel.

Finales Ende

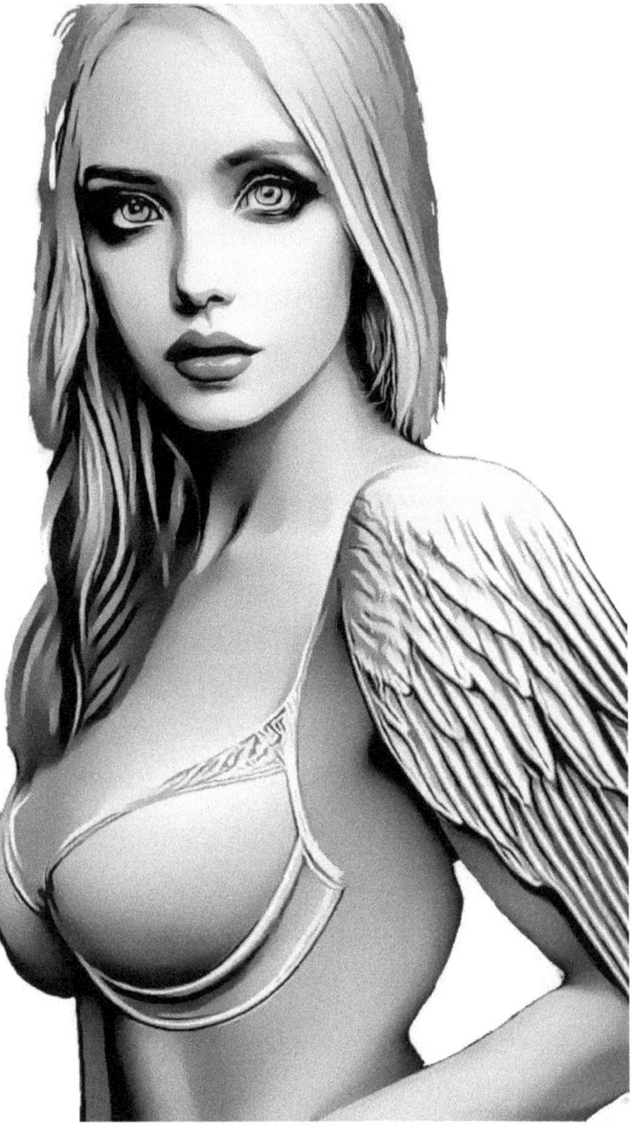

Nachwort

Die Idee zu diesem Buch entstand, als der Autor im Internet zufällig die Geschichte „Jack o' Lantern" entdeckte.

Die „Legende von Jack mit der Laterne", berichtet vom „Stingy Jack", der weder in den Himmel noch in die Hölle eingelassen wurde und als Geist im Nirgendwo wandeln muss. Sie wird inzwischen als Erklärung verstanden, warum an Halloween Kürbisse ausgehöhlt und von innen beleuchten.

Der Autor überlegte, wie man die alte, irische Legende in die heutige Zeit verlegen könnte und wie es wäre, wenn der Teufel von einer Frau hereingelegt werden würde. Schließlich schuf der Autor die vorliegende Geschichte und nannte sie: „Satan und die Sünderin"

Damit sich Leser nicht die Mühe machen müssen, nun im Internet nach der Geschichte vom Jack und dem Teufel zu suchen, folgt auf den nächsten Seiten die Legende von „Jack und die Laterne", wie sie der Autor in der Kneipe nacherzählt, wenn er auf dieses Buch aufmerksam machen will.

Die Halloween-Legende

Die irische Legende von Jack mit der Laterne

Nacherzählung von Yul Rich:

Aus Irland kommen viele alte Legenden, ja, die Iren haben verdammt viel verrückte Fantasie. Sie haben Meerjungfrauen erfunden, die nur deshalb im Meer leben können, weil sie eine magische Mütze tragen, und sie haben die Geschichte vom Jack mit der Laterne erfunden. Die ist der Grund, warum an Halloween ständig diese leuchtenden Kürbisse zu sehen sind.

Die Legende vom Jack geht so:

Es ist ewig her, es war irgendwann im Mittelalter oder noch früher, aber es gab schon Kneipen und Hufschmiede. Jack war so einer, aber er war auch ein geiziger Halunke, ein Schlitzohr, der nicht gerade ehrlich war und der ging auch gerne Kneipen, um zu trinken.

Eines Abends, es war der 31. Oktober, als Jack mal wieder am Tresen saß und sich einen hinter die Binde goss, da kam der Teufel, um sich seine Seele zu holen.

Der Teufel setzte sich also neben Jack auf den Barhocker und sagte:

„Du bist jetzt fällig, kommst mit mir in die Hölle."

Der Jack wollte diskutieren, aber der Teufel ließ nicht mit sich reden. Da sagte Jack:

„Aber bevor ich mitgehe, hab' ich ja wohl noch einen letzten Wunsch frei."

„Der wäre?"

„Du musst du mir noch ein letztes Bier spendieren."

Der Teufel war einverstanden und bestellte noch ein Bier für Jack. Dummerweise hatte der Teufel kein Geld dabei. Um bezahlen zu können, verwandelte er sich in eine Münze.

Frag mich nicht, warum sich der Teufel in eine Münze verwandeln musste, aber es war so, sonst würde die Legende nicht weitergehen.

Der Jack sah also die Münze auf dem Tresen liegen, aber statt das Bier damit zu bezahlen, klaute er die Münze und steckte sie sich in die Hosentasche.

Weil Jack auch einen Schlüsselanhänger mit einem Kruzifix in der Tasche hatte, war der Teufel, also die Münze, jetzt direkt neben dem Kruzifix, und der Teufel war in der Tasche gefangen und konnte nichts mehr tun, außer zu jammern.

„Hol mich hier raus", flehte der Teufel, aber Jack sagte:

„Den Teufel wird ich tun, du bleibst da drin. Wenn ich dich rauslasse, holst du meine Seele und ich muss in die Hölle. Nein, nein, ich lass dich nicht da raus."

Der Teufel wollte aber wieder frei sein und hat schließlich einen Pakt mit Jack geschlossen: Wenn Jack ihn frei lässt, wird ihn der Teufel für zehn Jahre in Ruhe lassen. Für Jack war das okay, er ließ den Teufel also wieder frei und der Teufel zog ab.

Nach zehn Jahren kam der Teufel aber wieder und sagte:

„So, die zehn Jahre sind rum, jetzt hol ich dich."

Jack nickte, aber er bestand darauf, noch eine Henkersmahlzeit zu kriegen.

Einen letzten Wunsch musste der Teufel ihm natürlich gewähren.

Jeder andere hätte ein saftiges Steak bestellt, aber der Jack wollte einen Apfel von dem Apfelbaum, der vor der Kneipe stand.

Die beiden gingen zum Apfelbaum und der Teufel kletterte den Baum hoch, um einen Apfel zu pflücken.

Der listige Jack zückte schnell sein Messer und ritzte ein Kreuz in die Rinde des Apfelbaumes und: Zack, der Teufel konnte nicht mehr vom Baum herunter, weil ihm das heilige Kreuz im Weg war.

Da saß der Teufel nun auf dem Baum und konnte nicht runter und jammerte:

„Hey Jack, ich kann doch nicht ewig auf dem Baum bleiben, jetzt mach bitte das Kreuz weg!"

Der Jack ließ den Teufel rumjammern und schließlich war der Teufel bereit, dem Jack zu versprechen, dass er ihn für immer und ewig in Ruhe lassen würde.

Mit anderen Worten: Jack müsste nie in die Hölle, wenn er den Teufel vom Baum runterließe.

Jack hat dann mit dem Messer das Kreuz von der Baumrinde gekratzt und der Teufel war wieder frei und fluchte darüber, dass er Jacks Seele nicht holen konnte.

Jack lachte sich ins Fäustchen und lebte noch viele Jahre lang sein Halunken-Leben.

Irgendwann starb der Jack und stand vor dem Himmelstor und wollte rein.

Der Petrus aber sagte:

„Nein, Jack, du bist ein Schurke, hast in deinem Leben alle über den Tisch gezogen und verarscht, du kommst hier nicht rein."

Jack wurde also nicht in den Himmel gelassen, Petrus scherte ihn zum Teufel.

Jack ging also zur Höllenpforte und da stand der Teufel vor ihm und sagte:

„Hallo Jack, was willst du denn hier? Du kommst nicht in die Hölle, so war das abgemacht."

Der Jack war ganz verwirrt und wusste nicht wohin. Er durfte nirgends rein, weder in den Himmel noch in die Hölle.

„Wo soll ich denn jetzt hin?", fragte Jack und der Teufel sagte:

„Du musst jetzt im Nirgendwo herumgeistern. Da, nimm, hier hast du ein Licht, damit du im Dunkeln was sehen kannst."

Der Teufel gab Jack ein Stück glühende, bzw. brennende Kohle, direkt aus dem Höllenfeuer.

Jack hatte eine große Rübe dabei, auf die steckte er die Kohle und hatte also so etwas wie eine Fackel, die ihm den Weg leuchten konnte.

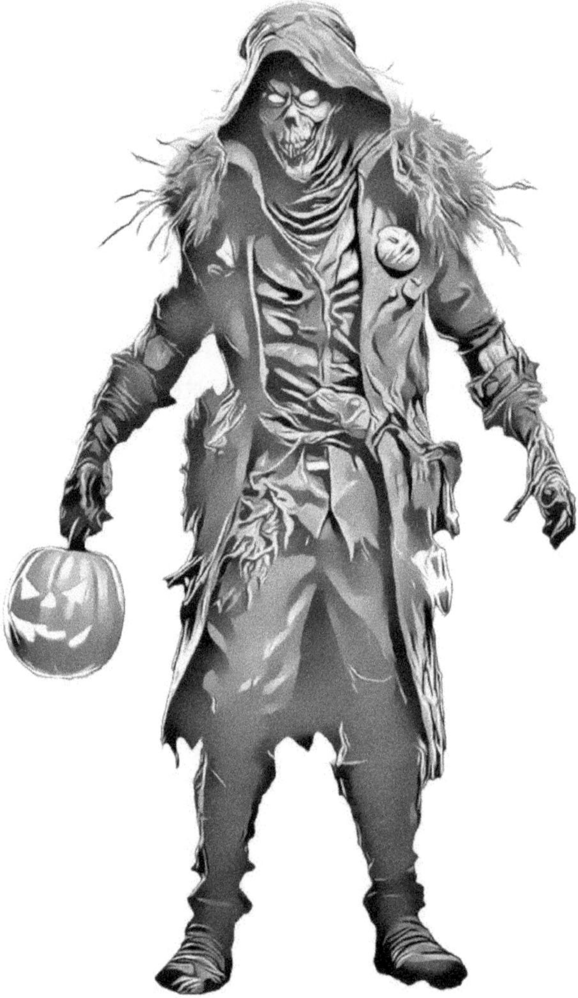

Das war die Geschichte vom unehrlichen, hinterlistigem, geizigen Trunkenbold Jack.

Die Eltern haben sie immer den Kindern erzählt, als Warnung, dass man immer brav sein sollte. Damit man in den Himmel kommt und nicht in die Hölle oder als Geist rumwandeln muss.

Jedes Jahr, am 31. Oktober, spielen die Kinder „Jack mit der Laterne". Die Fackel mit der Rübe und der Kohle wurde der Einfachheit halber umgewandelt in einen ausgehölten Kürbis mit einer Kerze darin. So, jetzt ist klar, warum an Halloween überall diese leuchtenden Kürbisse zu sehen sind. Und damit es etwas gruseliger wirkt, schnitzt man Fratzen in die Kürbisse rein.

Eine etwas kürzere, m.E. langweiligere Variante der Originalgeschichte kann man auf de.wikipedia.org finden, wenn man nach „Jack mit der Laterne" oder „Jack-o'-Lantern" sucht.

Der seltsame Link hat einen Apostroph:

https://de.wikipedia.org/wiki/Jack_O'Lantern

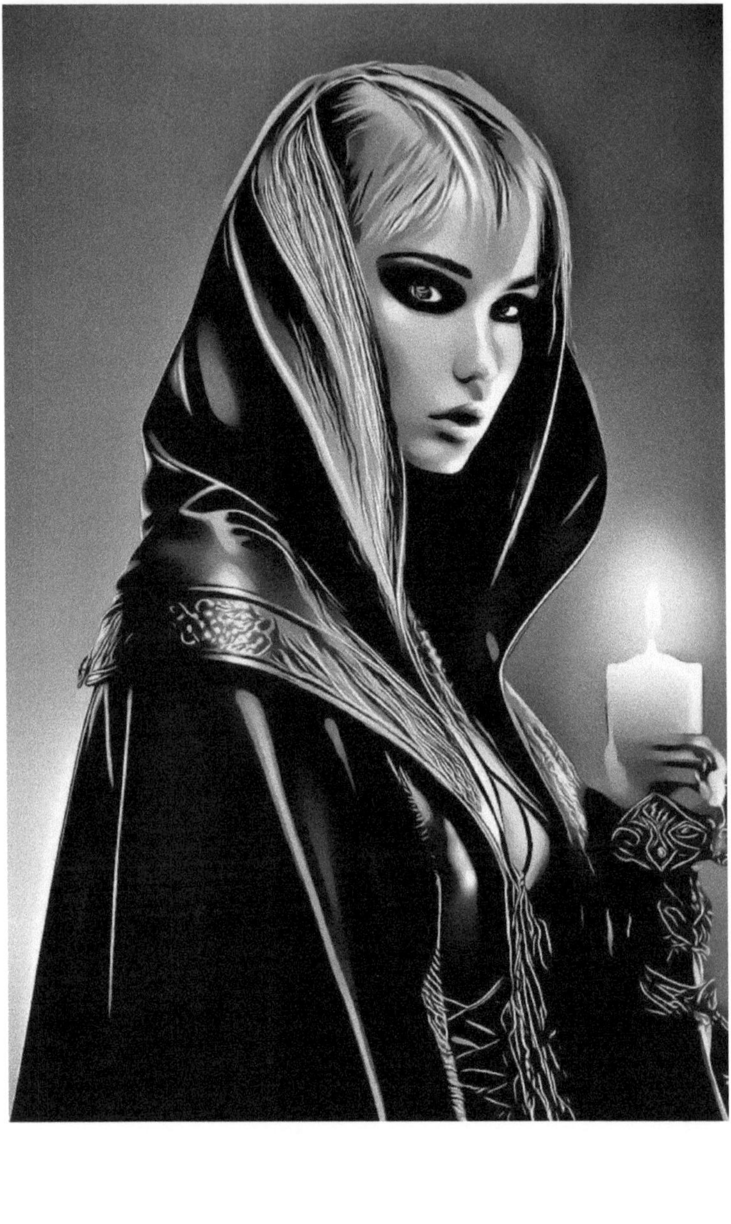

Nachwort II

Die Ladies vom Badehaus sind den Servicedamen der in Deutschland weit verbreiteten FKK-Sauna-Clubs nachempfunden. Am Ende lässt der Autor die Damen aber nicht wie Jack mit einer Kürbislaterne umherirren, sondern als Geister mit einer Kerze. Dabei stellte sich der Autor die Frage, warum Geister eigentlich so oft mit einer Kerze abgebildet werden, und gab die Frage an die KI weiter.

Nach Meinung des Autors lieferte *you.com* die beste Antwort auf die Frage: „Warum halten Geister immer eine Kerze?"

Symbolische Darstellung des Lebens nach dem Tod: Eine Interpretation besagt, dass die Kerze das Licht des Geistes oder der Seele darstellt. Sie symbolisiert den Übergang zwischen Leben und Tod und erhellt den Weg für die verstorbene Seele im Jenseits. Die Kerze kann als Orientierungslicht gesehen werden, das dem Geist hilft, sich in der Dunkelheit zurechtzufinden oder den Weg ins Jenseits zu finden.

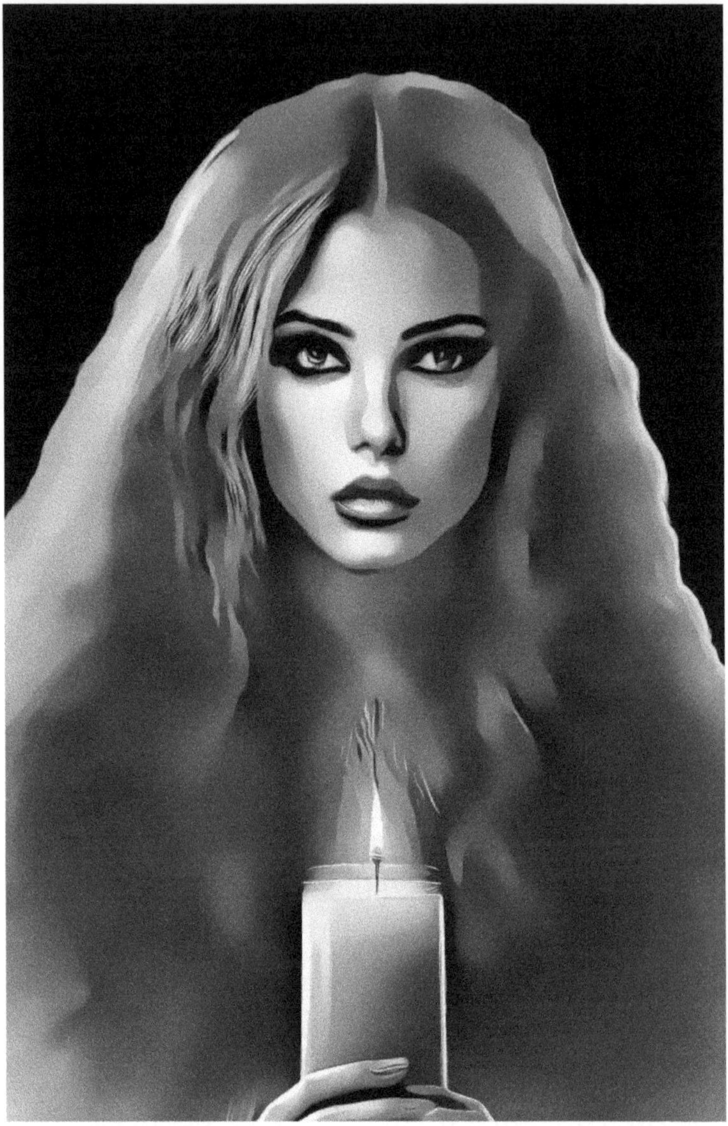

Wortspiele zum Zitieren

Zitatschöpfungen von Yul Rich, inspiriert von der Geschichte "Satan und die Sünderin":

In der Hölle ist kein Platz für Engel.

Kein Einlass in die Hölle für Engel.

Einen Ehrenplatz in der Hölle gibt es nur für echte Sünder.

SÜNDER FAHREN ZUR HÖLLE,
ENGEL KOMMEN IN DEN HIMMEL,
MÖCHTEGERNE NIRGENDWOHIN.

Die Hölle ist kein Ort für Beichtlinge.

SEI IMMER EIN ENGEL.
WENN DU KEIN ENGEL SEIN KANNST,
SEI TEUFLISCH.

Sei Insider oder Outsider, kein Niemand.

Über den Autor

Yul Rich ist der Künstlername eines deutschen Autors und Selbstverlegers, der sich gerne Fantasie- und Liebesgeschichten ausdenkt. Zu seinen Ideen wird er inspiriert von ihn küssenden Musen und vom alltäglichen Leben, aber auch von alten Sagen und Legenden. Neuerdings sogar durch die Künstliche Intelligenz.

Egal, was er schreibt, Yul Rich will, dass seine Geschichten den Leser*innen ans Herz gehen.

yul.rich@online.de